大写零字

沐沐 著

陕西新华出版

太白文艺出版社·西安

图书在版编目（CIP）数据

大写零字 / 沐沐著. -- 西安：太白文艺出版社，
2023.8
ISBN 978-7-5513-2359-8

Ⅰ. ①大⋯ Ⅱ. ①沐⋯ Ⅲ. ①诗集－中国－当代
Ⅳ. ①I227

中国国家版本馆CIP数据核字(2023)第025833号

大写零字
DAXIE LING ZI

作　　者	沐　沐
责任编辑	葛晓帅
策　　划	马泽平
封面设计	寻　觅
版式设计	建明文化
出版发行	太白文艺出版社
经　　销	新华书店
印　　刷	玖龙（天津）印刷有限公司
开　　本	880mm×1230mm　1/32
字　　数	70千字
印　　张	4.625
版　　次	2023年8月第1版
印　　次	2023年8月第1次印刷
书　　号	ISBN 978-7-5513-2359-8
定　　价	45.00元

目 录

· 第一辑　城的时光

童谣　　　　　　　　　　　　　　　3

路过灵魂的白水城　　　　　　　　　4

阿克苏老街　　　　　　　　　　　　7

不言而喻的　　　　　　　　　　　　8

凉　　　　　　　　　　　　　　　　9

大白菜　　　　　　　　　　　　　　10

剥离人性不如喜欢大米　　　　　　　11

剥离　　　　　　　　　　　　　　　12

我在我的成像里收集过多的快活　　　13

幸福生活　　　　　　　　　　　　　14

在冬天　　　　　　　　　　　　　　15

黄　　　　　　　　　　　　　　　　16

一生只会说一个不字　　　　　　　　17

皮肤一生都在讨好疤痕　　　　　　　18

蛊毒和爱情选一样　　　　　　　　　19

井底的藤蔓　　　　　　　　　　　　20

我只是寂静地欢喜　　　　　　　　　21

我的倒影是奇数并且有余　　　　　　22

一道求人性概率的题　　　　　23

请在我的眼睛里数脉搏　　　　24

无所诗　　　　　　　　　　　25

如果我们相爱　　　　　　　　28

五只乌鸦　　　　　　　　　　30

野鸭送情书　　　　　　　　　31

等五分钟　　　　　　　　　　32

即将变天　　　　　　　　　　33

逝　　　　　　　　　　　　　34

灯笼　　　　　　　　　　　　36

叙述　　　　　　　　　　　　37

谈爱　　　　　　　　　　　　38

梧桐叶的爱情　　　　　　　　39

归宿　　　　　　　　　　　　40

鞭子　　　　　　　　　　　　41

我们身体的阳面用于爱，阴面花开　42

· 第二辑　夜与梦幻

虚构　　　　　　　　　　　　45

我所有的情绪都是阴性　　　　46

我会一生喜欢玉米　　　　　　47

来自我的幻想 48

重生 49

梦 50

还是梦 51

我就当这次梦里的别离无效 53

如果不醒来 54

有些欢喜只在梦里 55

反情话 56

寂静和死亡一样摆着欢喜的姿态 57

梦境诗：如果有—— 58

夜里 60

对光的需求 61

我是刀 62

她 63

假手续 64

后来的爱情像坟前的鬼火 65

大写零字 66

我和一个寂静的夜 67

放火 68

道别 69

逃离 70

原谅黑暗的弊病 71

目录

关乎爱情　　　　　　　　　72

·第三辑　商人诗人的较量

开始拥抱日光　　　　　　77

差一些胆量　　　　　　　78

喜欢酒香的乌鸦　　　　　79

为了美　　　　　　　　　81

我想渡劫，而杯中无酒　　82

悲凉只是排头兵　　　　　87

谁鼓掌，谁就是青少年　　88

自闭症　　　　　　　　　89

我的忐忑　　　　　　　　90

我们叫出我们的阴影　　　91

我的卑微　　　　　　　　92

刻板　　　　　　　　　　93

靠近你如猛兽附体　　　　94

记事本　　　　　　　　　95

我的锯子　　　　　　　　96

强迫症　　　　　　　　　97

我们把爱摁进土里　　　　98

喝酒后　　　　　　　　　99

禁锢　　　　　　　　　　　　　100

不够　　　　　　　　　　　　　101

把所有美好投屏　　　　　　　　102

从一个世界到另一个世界　　　　103

别叫停她的个性　　　　　　　　104

把水喝成酒　　　　　　　　　　105

只要冲动一次　　　　　　　　　106

以粗犷的方式选择爱　　　　　　107

解　　　　　　　　　　　　　　108

怀抱　　　　　　　　　　　　　109

离别　　　　　　　　　　　　　110

· 第四辑　遇见荒野戈壁

遇见骆驼　　　　　　　　　　　113

水晶石　　　　　　　　　　　　114

在戈壁　　　　　　　　　　　　115

在大湾沟，第二次深陷来临　　　116

大湾沟，无休止地蠕动　　　　　117

柯坪骆驼节　　　　　　　　　　118

阿克布拉克草原　　　　　　　　119

小白杨　　　　　　　　　　　　120

寻　　　　　　　　　　　　　　　121

塔里木河静坐　　　　　　　　　122

路过无人区　　　　　　　　　　123

在山头　　　　　　　　　　　　124

峡谷记　　　　　　　　　　　　125

走进丝路沙海湾　　　　　　　　126

塔河情　　　　　　　　　　　　127

这世界我只能心动一次　　　　　128

去灵魂最妥帖的流放所　　　　　129

爱过敏　　　　　　　　　　　　130

生机　　　　　　　　　　　　　131

重启　　　　　　　　　　　　　132

相交　　　　　　　　　　　　　133

路过阿塔　　　　　　　　　　　134

把雨喊大　　　　　　　　　　　135

谈恋爱　　　　　　　　　　　　136

和解　　　　　　　　　　　　　137

第一辑

城的时光

童谣

解放中路，洒水车

唱着童谣

在农村，孩子们也唱童谣

用双脚爬山

在小河边抓螃蟹

放走母蟹

地上没有血，和破碎的汽车零件

人不会被汽车碾压，不会躺在地上

而是安详地躺在土里

治愈肉身的月亮泊

本是遗忘孤独里所有的色香
兴奋剂恰巧赶场
戈壁石、龙虾池、圣泉水跟着山群凑热闹
在八卦台可以放任
对出来晒太阳的骆驼刺、芨芨草
和温泉里自律的泉眼倾诉
一股做过节育的水
那么干净，那么明亮

武姬酒馆，和我十几次的悲欢离合——道别
那天，人性的正面朝上

与心跳照面的黄宫湖

肉身剥离
不止我，不止岸边的茅草屋
不止湖里谈笑的野鸭、拉家常双飞的蜻蜓
我总不该在沙滩上对木栅栏说起
十二岁我就喜欢柔软的东西

沙子、微风，甚至蚊虫叮咬的微痛

如果湖水跃起

它弹跳的身姿逼近我

我将无限接近云层

和自己的影子

一间茅草屋，住下我和我今生的热情

灵魂情人多浪河

多浪河啊

你说你喜欢在白水城安家

把你的柔情分给城里的街灯、车辆、高楼

和路上的行人，地上的兰花

听说一个生僻字就能概括早晨

这里已是正午

我常常和你絮絮叨叨

沙漠里孤立的胡杨敢与烈日比燥热

我对着你身旁眯着眼的柳树说

我们都是性情中人

二两酒

寂静和热闹一样摆着欢喜的姿态

你坐上席

我端酒

知心朋友湿地公园

月出之前

把人间烟火锁在门外

留一条缝隙

足够偷窥野草、微风、梦境，和我与你玩耍时的欢愉

我羞怯于用惯用的卑微手段

路过你和你丛中的格桑花

我手持暗夜，偷窥白鹭、鸳鸯

与一股流动的河水齐肩并坐

在你的身体里

我会像喊你一样喊醒自己

阿克苏老街

探出半个头，正与太阳较量的影子

和我一起躲在树荫下

我逮过一只欺负蚂蚁的苍蝇

它怕我笑里那残留的尖锐的东西

我以此武器弄死了苍蝇

蚂蚁把苍蝇拖到石缝里

在蚂蚁洞里，二当家摆下酒菜

大当家带着长长的队伍

迎接雨的来临

我听过一个名字，阿克苏老街

在这里，我是个生意人

我接触蚂蚁、水和土地

我和林荫卸下负重，万物鼓锣，大雨倾盆

不言而喻的

解放中路的体育馆

嘈杂声那么大，我只听见

一阵机械声

那是我最不喜欢的声音

篮球拍打，脚步落地，毽子掉落——

我已年过三十，戒掉了烟酒

也戒掉了任何情绪

我的保温杯里，祁门红茶配枸杞

有的时候，我会放弃拧紧后生锈的螺丝孔

不言而喻地

朝着僵硬的背椎微笑

凉

被窝是凉的

我以为雨天所有的雨点都朝向我
我不用伪装
自卑到膜拜一棵比我矮小的树
她的叶子全落了
身上突兀的枝干是她的还魂散
她喜欢在冬天里化妆
像暖阳一样的红
夕阳和晚霞也都像我一样膜拜她
如果，我说如果
我来这人间做什么
在梦里隐居，修篱种田
也养牲畜

这凉意足够我从梦中惊醒

大白菜

我从未想过

白菜身上的弊病

会有两条蛆虫喜欢它，一前一后跟着

听说辅蛆也是官配的标准

我喜欢的白菜它身穿青衣与其他白菜结伴而来

想起青衣白菜，我是遗憾的

它说，我们的人间美味佳肴

你们的人间残羹冷炙

在蔬菜店，每一个路过它的人都会剥掉它的皮

允许它的青衣高贵地腐烂

剥离人性不如喜欢大米

我挑剔红绿的觥筹交错

并在意识中平均配对

木提筐撒开水泥地

推拉车开始挑拨货架上的物品

我的味稻好爱着我的味稻香

它们在人声鼎沸中打了一个长长的哈欠

我把寂静关在屋子里

试着挑衅

剥离人性不如喜欢大米

注："味稻好"与"味稻香"是大米的品牌名字。

剥离

肉身剥离

不止我，不止桌上的荔枝

我总不该在菜园对木栅栏说起

十一岁我就喜欢地上爬行的蚂蚁

偶尔它翻越外婆家的门槛

承欢大黄狗的膝下

如果风声跃起

它弹跳的身姿逼近我

我将无限接近云层

和自己的影子

一颗荔枝里，住下十只蚂蚁

我在我的成像里收集过多的快活

在工业园区的一个厂房里
我们用餐
咸是不敢吭声的
我听见一阵来自米粒的嘲笑

这么多天，我成了机械的一个配件
我需要我，不停运作
打喷嚏，流鼻涕，咳嗽发烧
重复做着日常工作

清醒的时候大口喝水
哽咽、饱嗝列队暗示
树木依旧是树木
清风来的时候它是树木
秋天到的时候它还是树木

只有明亮的星光，善于辩驳
无数星光，倾泻而下
我在我的成像里收集过多的快活
我看清了我

幸福生活

胳膊、背和大腿都有脂肪粒

我甘愿堕落
衣柜里那么空
平底鞋，棉麻衣冬夏就两套
梳头一定是低马尾
清晨六点
我得挎着菜篮子去找邻居张妈妈
菜要砍价，肉也要砍价
我的男人，我们睡在一张床的两边
偶尔交流的是我的呼噜声与他的叹气声
出门要省钱，剩菜要打包，别人啃过的骨头也得拿回家
喂狗

这几年，我越来越胖，只有家里的狗看我的时候双眼清
澈明亮
如果我心甘情愿做手术，请告诉我这一剂麻药叫幸福

在冬天

她的欲望越来越膨胀

要求那些突兀的槐树冬天开花

召集迎客松主持会议

允许被秋天遗忘的落叶在酒桌上总结

他和她举起酒杯

在绿皮火车上

他们对角而坐

他眼里有光

她嘴角含笑

上闩的世界，他的门敞开着

她款款而来

她把欲望归还给草木和山川

黄

我见过他在水里游泳

那天起，我就喜欢一朵娇嫩的黄花

延伸至蜂蜜的黄，落叶的黄，各朝皇帝的黄

枯枝啊，二两酒后

东风终究还是抛弃了它

他说啊，过了中年

时针开始反向行驶

哪里还有春光和鲜花和你梦里纯良的黄

歇下，就在这儿

背后的山川指着河流

足够道尽一生情话

透明的颜色里所有傲娇的黄列队褪色

一块泥潭收留了它们和所有的弊病

一生只会说一个不字

烟雾刚起来

它还不够张扬

一生除了垂直或者螺旋向上

通往终点

慢一点，快一点

终不会影响太阳的方向

杯中的烟，口里的烟，农家小院的烟

聚在云里

说着张家村那头不耕地又死不了的老黄牛

一生只会说一个不字

皮肤一生都在讨好疤痕

再没有碎片背靠近骨子里的漆黑
从一个故事的源头说到发生
异样的爆炸声像极了猖狂的导火索
像极了街头没文化又话多的老张
他说，老子是天
女人说，老子只手遮天
谎话开始忠于人性和博弈
各种噱头振聋发聩
人和人只论一场输赢
这个时候
皮肤一生都在讨好疤痕

蛊毒和爱情选一样

鸟鸣传进屋子

歇在窗户上看热闹

一个很远的地方

不放哨

说情话没有穿透力

除了黑屋子

三维体也能听到

如果蛊毒和爱情选一样

到时候带着它去床上

看窗子上百鸟合唱

所有敲击乐纷至沓来

左手抚摸右手

右手抚摸人间的反面

井底的藤蔓

作为井里延伸出来的藤蔓

生长期间

下半身是自由的

上半身用来看蓝天

喝咖啡

与清晨荷叶上的露珠对话

"我的另一个天地"

"是你们这个世界里新生的婴儿"

脐带在井底

一场自由和命运的革命啊！

有风，甚至尘土和沙尘暴捏痛你

你证明了你痛快地活过了井底之蛙

我只是寂静地欢喜

我在一个朴素的季节里

轻轻地欢喜

我并不知道凋落

是你说的邂逅抑或是错过

我只是静静地

匍匐在寂静的事物里

比如，流水

和祥云

和 20 世纪 80 年代初的爱情

我给你写信：

冬季里

雪水好调皮

滑过我的睫毛

从指尖滑落又路过膝盖

她的清冷留在我每一寸肌肤里

炊烟好干净

我只是寂静地欢喜

我的倒影是奇数并且有余

城市的建筑已经被欣赏完了

该是农村的风和外婆家窗户上拴着的大黄狗

模仿几何中的序列题

先后入宫殿

村书记说自己是平方根里的偶数

和村花

虽隔着一堵墙

不惧任何算术题

在湖中看世间万物

我的倒影是奇数

并且有余

一道求人性概率的题

社会学有扇通透的窗
语文课本里学过的形容词都不够用
清晨推开它，薄荷香气就进来
我还在数学课上给三角形做辅助线
求出它的阴影面积
同样的辅助线画在人身上
里面的阴影面积
只有逻辑学里的狠角色
才能去解

还有一道求人性的概率题
我得换个腔调
慢慢咀嚼

有一些废墟

走到桌面上

对饮后

拖我下水

如果身体和灵魂选择打湿其一

一定要去塔里木河

我曾两趟走过

一趟是少女时

我那个单车后面无座

一趟是初夜后步行

我只想认它当朋友

平静、暗涌流动和心跳的速度没有多大的区别

不信，请在我的眼睛里数脉搏

无所诗

一

那个下午，中药在瓦罐里沸腾
冒出的白烟，除了温情还有颗粒感极强的悲悯
我躺在你的眼睛里
觉得生病也是一种幸福
连着很多天的下午，我都躺在病床上
纵容你在我的笑容里
遇见天真无邪

二

我喜欢开着窗
把风请进来，把嘈杂声请进来
唯独你，留在门外
守着我的另外一半欢喜
对症下药

三

仿佛又恋爱了
我会把黑白当成色彩
会在一望无际的蓝海里找你仰望天空的湛蓝
尽管天天咳嗽，甚至哮喘
那草药里有一半初见你的甜
一口咽下去
星空分开一条大道
绿梅盛开

四

我想过发热，在局促的空间里
体温 39℃
在破旧的茅草屋里当家
剃头，养牲畜
也谈爱情

五.

如果雨天遇见蓝
我将一半羹分给你

如果我们相爱

一

遇见冰，我在人前摔了跤
路上的行人装作路人丙
我记得，你说过
走路走慢点
看脚下
冬天里的星空
充满寂寥
万物穿着同样的衣裳

二

除了眼泪发声
我声带嘶哑
日照、微风，成了你的说客
我抬起头
脸上的泪水未干
我看见一双抚摸过人间美好的手
落在我的肩上

三

我已经三十岁了
我过于复杂
如果我们的爱有赌性
我会在赌场逃离
甚至钻到桌子底下
年龄越大，渴望庇护的物事越多
比如，阴霾和暴雨
比如，逃亡一场人前的暴露
正如在床上，我需要薄纱或者棉被
在厚重的物体下
我才有勇气诺诺地说
我爱你

四

原谅我把爱当成交易
如果我们相爱
我绝不接受任何人供奉的赝品
我的爱情
一定专属制造

五只乌鸦

尽管墓地挺立

荒芜和一些突兀的核桃树、落日

以及五只乌鸦，田埂就热闹了起来

我们不必慌张，不可急着说爱

一只落单的乌鸦在落日的方向

看上一块土坡

其他四只乌鸦与谁都不为伍

它们坚信

我们都会隔着土坡被埋葬

我们不同衾

在梦的方向，敲锣打鼓

乌鸦齐声鼓掌

野鸭送情书

多可笑

太阳那么大

我们在两条平行线上谈交集

那只深谷里游走的野鸭

把我的书信

藏在它的腹中

嘎嘎声响，是我在阴暗的对立面喊你的名字

你喜欢光，我给你手掌和镜子

你喜欢我，那个下午一定是日光浴

你在深谷里吗？请半夜叩我的门

梦里我温好了酒

请流水来，请野鸭也坐在你我身边

等五分钟

等五分钟，或者更久
不是思念别的
一定是朝阳佳苑门口的
老蒸坊早餐店
皮蛋瘦肉粥、南瓜粥、咸鸭蛋
小笼包、酱肉饼、韭菜合子
都不是我要来的理由
我来了，一定是鲜肉大包子
这一天，味蕾会顺从我的意愿
有时候，我会走过这个路口
有时候，我也会占错车道
我会每天来这里，听素包子和肉包子来一场激烈的辩论
我偏爱的大笼肉包子
会赢得头筹

即将变天

马路边满地的落叶

苹果园刚冒出头的蒲公英

躺在树上的冰糖心苹果和三四个摘冰糖心苹果的维吾尔族工人

这个下午，即将降温的阿克苏

太阳还是那么温和

一定要等冰糖心苹果从一个城市

到另一个城市报了平安

太阳才肯退去，和我们说别离

嘱咐我们添衣，吃冰糖心苹果

我们反复想念光

把太阳的暖与冰糖心苹果的甜吸进肺里

变天的时候，一定得加快呼吸

逝

阳光照进屋子

海棠一茬一茬开

由淡粉到艳红

我终究是忘记，已经入冬了

在小区门口，踩到一片凋零的落叶

它的疼痛，路人习以为常

在日光温和的下午，开完会

我才知道这已是一个收获的季节

也是一个能叫出痛的季节

所以，在水稻农场

我大声地喊麦子、身旁的苞谷地

对面的红辣椒随我吆喝

我们都适应着秋天，适应着疼痛

适应着身上的疤痕由新到旧

我开始养生

老姜、红枣、枸杞、黄芪

炖一锅老母鸡

稻子以及他的朋友

——走近收割机

我们都羡慕起，刚刚冒出绿芽的冬小麦

我梦见，在麦田

一脚踩进春天

大写零字

34

原谅我，在眼角细纹刚刚活跃的时候

我不能任性地去喜欢春天

灯笼

如果灵魂一定要交给红色

我不希望是棱角分明的方

阴霾天，它会硌疼我

我的喊声，在闭塞的空间里发霉

霉菌不喜欢束缚

不喜欢紧身裤

我只希望它是罩住我的圆

并且有个好听的名字

我们大喊灯笼的时候，是中气十足的

山谷里，野鸭听得见

方圆三里

母亲喊它回家吃饭

我们都有足够的安全感

叙述

我需要一个词来叙述

它有决绝的个性，胜过一株玫瑰花的刺

我说说屋子前的竹林

是几头猪的乐园

在爷爷的村庄，他们会放猪出来

猪的快活，我们都亲眼所见

唯独不能言说的忧愁，被杀猪匠看穿

下雨天，我从不带伞

故意躲进牛棚和猪圈

接近快活与无限快活的 N 次方

我需要一个词来替我想起

我的爷爷和农村生活

这个词，一定得有命的硬度

谈爱

年轻的时候
甜腻的红烧肉
一天吃三块

还想，被一个男人捆绑
或者去捆绑别的男人
获得爱
能量够的时候，只谈情
不够的时候，喝一服中药
越苦越好

苦荞、苦瓜、苦难
通通振作起来

梧桐叶的爱情

梧桐叶，你躺在地上咧着嘴笑

汽车碾轧，你不喊疼

唯独那个晚上，你撕心裂肺

叫出他的名字

你一定得穿高跟鞋，踩在别人身上

他若听到了，一定会

咯吱咯吱回响

归
宿

我一直忘不了她
我爱她

二十年前，我以为家乡的泥土、房屋
梁上停留的大雁、大花狗、邻居婶婶
地坝底下的竹子
都在固定的地方生长
我和它们一样，也在固定的地方生长
他们没能留住我
竹子折断，手心流血
我被拉上了绿皮火车

我没有和他们打声招呼就走了
陌生的路，陌生的人
向我逼近
我无限接近陌生的时候，我想我离家乡更近了
陌生叠压，眼前只是黑
我离她更近了

我住进了梦里
我和外婆种田，养牲畜
在梦里，我再也不出走，不搬家
在梦里，我长在了固定的地方

鞭子

我也有一条鞭子

在妄想中采茶、洗衣

待日光照进屋子

我便和炊烟说，带着我焚烧后的书信

去寻他

不想待在人间的欢喜，一定在心里

我们不用鞭子鼓锣

我们也不用鞭子记住我们的爱

它只呈现在一只白猫的眼前

卸掉一身的动词

不用强迫我，梦里爬上坡路，梦里解数学题

梦里被追赶，刺杀

成为鞭子的主人，我备酒肉

我们身体的阳面用于爱，阴面花开

在折枝的延长线里

我依然轻轻地往前走

只是不能平衡

以至于不能客观看待对岸的事物

马路边有些桃树新生绿芽

我以为她们被冬雪爱过

被扬尘爱过

我的眼睛里

只看到她们失衡的身体

努力钻出黑色的孔

挤压的疼痛也是可以走出来的

信仰和善良会被光款待

我们身体的阳面用于爱

阴面花开

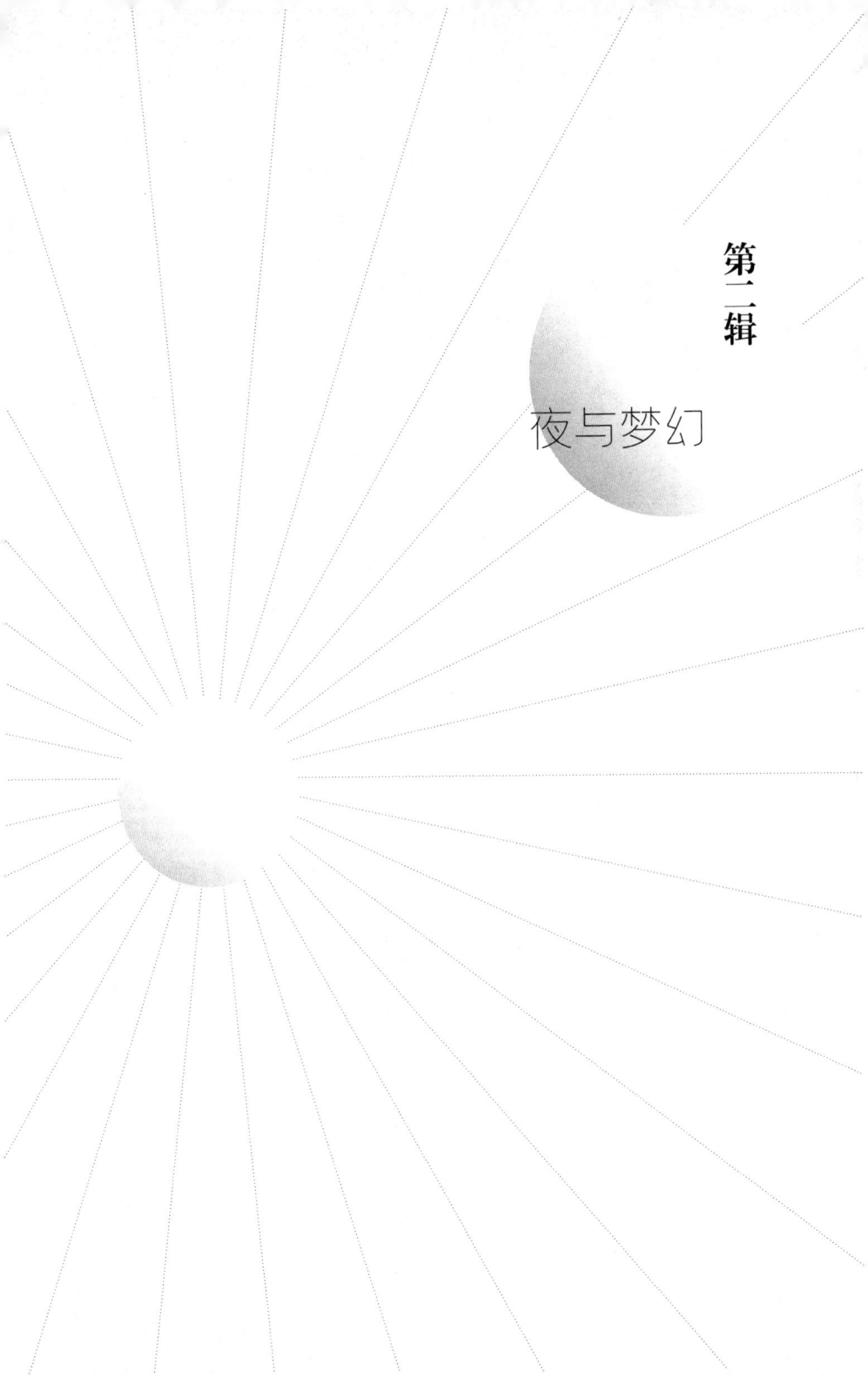

第二辑

夜与梦幻

虚
构

总是要虚构一个场景

虚构一些生命：花草、树木、昆虫、鸟兽

水源、山脉和人

一种新生才能超越另一种新生

被捆绑，被沦落，跌入低谷的事物

得以翻身

反义词的正面无标签

虚构散落在每一寸土地，土地长出绿芽

草木重叠，昆虫拥抱

爱嫁接在高处

高处无声

我所有的情绪都是阴性

夜空的星星找我闲聊
说我的爷爷离开二十一年
在天堂抽烟，酗酒，打牌
也染绿头发
不去医院，从来不体检
他说，他离开就是因为胃癌
从来没有奢望把阳性变成阴性
他的孙女，二十一年前哭得最凶
抱着他的棺椁

为了遇见爱和欢喜
我所有的情绪都是阴性

告诉我的爷爷，我失恋，绝不去医院

我会一生喜欢玉米

一个下午
我们在玉米地里不说话
我们开启身上唯一的开关
纵身跳下悬崖
一瞬间，路过忧伤，路过喜悦
路过夜晚喝酒的画面
我只是一个从现实逃离到梦中的我啊
你感到幸福并不是因为你就要解脱
而是我和你一起下坠

我们从我的梦里分道扬镳
我掰下一个玉米给你

来自我的幻想

当我把所有的我装进罐子里
我的我就复活了
她既不能从窗子跃进土里
也不能跳进一口枯井
她想要淋湿，甚至赶上大雨
被影子比下去，或者把影子拖下水
隐退在小我里
汽车、行人、房屋沐浴日光的时候
她躲在井里，装成一副自闭症的样子
临摹一个人试图跳进一口满水的井

暴雨后，解放中路的水沟里
有一个喜欢幻想的人，刚刚被打湿头部

重生

稻田已经绿了

我不能一直躲在一棵松树的分泌物里

寻找安身之处

丁香花刺鼻的香气

足以满足一口浓茶

如果，如果我说我喜欢清新素雅

我的娇情，定会形成一股势力

来势凶猛

冲垮一堆谷草

我藏在一束谷草里

使劲地叫喊

好像，高山听到了

好像，乡村听到了

它们替我

喊醉一杯茶

喊醒一个人

梦

你在演练一种得心应手的逃亡
从满地的蛆虫里
避开一颗米粒
你身强体健，走上坡路
站在高处的人需要物质和体力
只有你，以敏捷的速度
摘掉一树核桃

在低洼的坑里，蛆虫试图昂首挺胸
遇见水和重力
无地自容

核桃青壳自动剥落

还是梦

一

是的，自从戴上辟邪手串
窗子打开着
先生来我梦里
无锁，无门闩
我们盘腿坐在草地上
一晚上喝六瓶红乌苏
天就亮了
我们不说再见，不告别
在梦里拿着尖锐的东西刻骨
你知道，生活是有疼痛的
幸福也是
记得疼痛，就记得你

二

稻草黄就黄了吧
有的爱已经没有性别之分
有的呼喊是一阵刺耳的叫嚣
我占有山川、江河、土地
和我的属性的躯壳

阿克苏，有广阔的荒野
温度，凉，和日光精致的美
都听得到你的叫嚣

三

我只有一种姿势
向前挺拔
西北风来的时候，声音是向后的
所以我从来不发声
面向一座大山，一直走
要依山傍水

我的爷爷，就是那样
葬在了张家山头

我就当这次梦里的别离无效

我们站在桥边

这一次，我不认识你

我学着你拍照的样子，拍下了一条河

拍下了一些橘子树，和树下顽皮的鸭子

这条河，一声不吭

毫无违和感地瞥了我一眼后奔腾而去

橘子树在镜头前变得模糊

那些鸭子曝光过了度

我分不清摧毁和宴请，你见我

既没有递请柬，也没有通知我

所以，我就当这次梦里的别离无效

我就当你成了那条地标性的河

即便永远与我平行

我也看得到你

如果不醒来

喜欢的事物太多了
在梦里，目睹月光泛出水面
和灌木丛里探头的新芽一一纠缠
天晴时，爬上一座山
遇见你想要的遇见
扬鞭催马，对着大山喊他的名字
讨厌的人开始喜欢起来
如果不醒来
在森林里打滚，和情敌成为至交
废墟穿过你的肉体
你或者他将成为平地

有些欢喜只在梦里

昨夜，我回到十二岁
甚至比十二岁更小
我们还没坐同桌，你在我前排的时候
我开始喜欢你
有的东西真微妙
讨厌数学的我全班数学第一
甚至后来，偶遇数学老师
模仿电视剧里最含蓄的告白

哟，真好玩

我的鱼尾纹正在和我聊天
我只配和一些逐渐凋零与衰老的事物融合
比如，一个人正在大山底下
手握保温杯，把烟头摁进碱土里

你经过我的梦里，踩碎一片枯叶
我们在同一片蓝天下，喝酒、吐烟圈

反情话

多年前我也爱过他
走他铺的路，听他喜欢的歌，去陌生的城
周六我们也相互剪掉对方的白头发
红烧肉，大板鲫，西红柿，瓠子瓜也甚情话
而今一个人
喝红乌苏
吃泡椒凤爪
并和它们一起说反情话

耳朵来听
多年前同样的风声怒吼
除了 ICU 我再也不能爱了
请把我喜欢吃的菜也做给她

注：ICU 即重症加强护理病房。

寂静和死亡一样摆着欢喜的姿态

西装和旗袍
最后一粒纽扣扔进垃圾桶
还有耳畔叽叽喳喳吵着进食的鸟雀
听说一个生僻字就能概括早晨
这里已是正午
沙漠里孤立的胡杨敢与烈日比燥热
我对着身旁眯着眼的蓝猫说
我们都是性情中人
二两酒
寂静和死亡一样摆着欢喜的姿态
西装和旗袍不敢雷同

一

我用下巴撞击你的身子
涛声不请自来
你的腹部面向我
并挺直腰杆
不是人
不是猫
我们尾巴触摸星辰
大话遮盖谎言

要什么 1,2,3
梦里，白手帕足够绘制草原

二

如果不欢爱
就能和一个人相处一辈子
我愿意捐献我的脏器、我的谎言，和我纯粹的偏爱
只要影子
在自己的成像里念早安

我从泥坑里爬出来
戒掉性和欢喜

三

梦是不够的
三维空间也装不下他
如果辅助线顶破几何体
我是不够的

四

竖着看人间烟火
如果有——

夜里

夜里，不像是夜里
是患有自闭症的白天
天是黑的，也是白的

我在黑白的日子里患有同样的自闭症
天亮开着窗
允许热闹群体涌出
也敞开门
让冷静的事物鱼贯而入

黑和白，都会成为镜子的成像
我们在成像里，惶恐、安逸
分析一个女人的孕期
其实，我们只是我们自己
双眼的庇护

我们混浊，可见湖底的沙砾
摔破镜子

对光的需求

今晚我没有对月饮酒

所以我必须在幽闭的空间里开着灯

对缝隙里挤进来的暗夜说

"别着急，日子还长着"

"我们可以喝酒，聊天，甚至双膝跪地"

谁说的，世间的光都是眼睛

我们庆幸我们能看到现象以外的东西

我天天对着镜子

审视自己

我的房间，夜晚从不熄灯

就这样还不够，我涉世太深

身体打湿的地方太多了

我必须坦诚地接受白日里日光的反射

才能进入一个绵长的梦

饮酒，谈情

我是刀

看见刀我就欢喜
天气热起来
他们用刀切水果
院子里，一个男人拿着刀割竹子
听疼痛的载体说
疼痛都是施者略胜于受者
疼痛的主犯都是刀
一只蚂蚁无家可归
一只猫逆着方向跑
我是刀，或者我是屠夫

她

和水待久了会越来越像

她生活中的死水并不发臭

她帆布包、菜篮子

从不和身上一堆脂肪较量

她没有男人喜欢

她夜晚照镜子，描眉，涂红唇

她反穿拖鞋

她单手弹琴

她做梦，大于整个白天

她爱着不同的人，在梦里

爱着不同人的不同器官

她九十二岁

已亡

肉身不曾腐烂

灵魂路过肉身的子集说

假手续

我们都有正规的途径

办手续

在夜晚活得像个人

有时候，抽掉塔里木河流的组织

有时候，拔掉塔克拉玛干腹地的情根

我这一辈子

其实，最擅长的还是拆房子

逻辑学课上

我的同桌

他捂着心脏

那是我生平第一次办假手续

后来的爱情像坟前的鬼火

我从来不受伤，因为疗伤是件很痛苦的事

除了猫和影子我别无其他

听说一个人暴饮暴食，或者吃了吐，吐了吃

怀孕也是向生活发起的挑战

后者是我这辈子刻在骨子里的遗憾

我的孩子

未曾孕育，就在漆黑的屋子里谋差

听说地狱顺风顺水

我买了十八层楼房

这辈子，我仅仅这一辈子

梦见阎王

就像是在抚摸自己的孩子

别无其他

如果说三十岁的遗憾，便是十九岁那年没能留住初恋

后来爱情的样子

像坟前的鬼火

一次一次向我示好

大写零字

在深黑的底部

蜷缩不一定是潮湿的恶作剧

如果打一个喷嚏，或者拿出生锈的剪刀

你并不娴熟

梦仍是藕断丝连的

我们曾乞求解禁我们的幸福

面对天，面对疾风，面对傲骨和雄心壮志

对于人，我身前是个大写的零字

如果有人说起，这人间

一定是我调皮的梦

我身后，也一定是个大写的零字

我和一个寂静的夜

玫瑰是我买的
迷药是我下的

水渠边多好啊！寂静已归位
那天的酒
只够盛情款待蚊虫
微醺多好啊！两瓶酒
丢掉了稻田的遮羞布

我的袒露，一股铜臭
闸门里的水，开始挤对我
我们在夜里
只是各取所需

放火

我来这里多久了
我在哪
我在高山上点炊烟
乌鸦来凑热闹
可是我并不喜欢丑的东西
我赶走乌鸦
人来了
我走了

我在悬崖底，纵情歌舞
可是我并不喜欢丑的东西
于是，我走出了我的户籍

道别

衣柜上有光
我删掉墙面一个影子
夜色变得干净了
原谅我，在格外清醒的夜晚
逢迎焦虑
我只有那么一点惯性
渴望过清澈的眼睛
看日光柔和，星辰明亮

如果今夜有梦，让我住进回收站
一边取暖
一边和影子道别

逃离

梦到深处，一定要逃离夜色

逃离狗叫，逃离一扇窗

跳到枯井里也好，深渊也罢

抹掉坠落的痕迹

伤痛看起来很体面

佯装一副美好的模样

在相对的完美里寻找过去的残骸

影子、痛苦，以及绝望

轻轻抚摸疤痕

微风碾轧落叶

用来句读的，就留着润口

不能跨过枯井

一定要跨过自己

原谅黑暗的弊病

原谅黑暗的弊病

原谅瓶盖落地没有回声

原谅五只乌鸦数不清池中的水

它看上一条好动的鱼

如果此时，你走进刑场

宣布游鱼无罪

戈壁滩将等来它的暴雨

爱一场雨吧！

或者酣畅淋漓地醉

今夜，就把叹息还给山川

放牧绵羊和牛群

用自己的土地

关乎爱情

梦里的爱

那绝不是真的，我们长不大
我们一生中只有一辆单车
路过林子，路过山坡
我们都不说爱
我们只望着对方欢喜
有时候面对面傻笑
有时候靠在一起傻笑
夕阳悄悄经过，把我们埋在同一个山头

想象的爱

在荒野里，我们默不作声
如果前方石头滚到我的脚跟前
我会假装没忍住疼痛
向你靠近一厘米
一厘米可以做很多事
近距离碰杯，看到你深邃的目光
数清你的睫毛
我的强迫症，让我只喝五瓶酒
只爱一个人

他们的爱

他多好，洗衣做饭
给你夹菜
替你挡酒
你要做的他都做了
你活着还是他活着
或者，他要代替你的影子
成为影子

一个影子要和你相拥而眠
使你的想象更丰富

现实的爱

一定要在无人区练习
南无阿弥陀佛

第三辑

商人
诗人的较量

开始拥抱日光

如果剖开我的一部分

我不匹配日光

以及日光中一些细小的事物

所以，在一片潮湿之处慌慌张张站立

仅站立是不够的

湿邪有说有笑进入身体

我只能端起一碗药

像喝酒干杯一样豪爽

我的勇气，不在酒里

就在药里

如果要踏出这潮湿之处，戒酒，停药

并开始拥抱日光

差一些胆量

不报名号，不说我来自五龙桥

那是一个贫穷到只有快乐的村庄

在阿克苏市，有窄缝储藏丑陋和美

我的左右逢源

自卑到躲在一只蚂蚁身后

这只蚂蚁居然操着一口流利的四川话

我认得出，它一定是我老乡

我大口喝下一壶酒

我得有足够的胆量，和一个不讲是非的人

签下一纸合同

听说，那个人曾经拿过砍刀

我还差一些胆量

才能捉住竹虫

喜欢酒香的乌鸦

一

像喝酒那样勇敢

端起酒杯，容不下其他

两个人，或者几个人对碰

声音能隐退潮水

爱就爱了

让落叶浸染秋天的三分黄

二

我们在稻田里数乌鸦和麻雀

你说，我应该像一个城里姑娘

涂唇，描眉

穿高跟鞋，拎品牌包

或者，卸掉帆布包

我说，我不喜欢枷锁

和沉重的黑

我也不排斥乌鸦混进雀群

我只关心田地和口袋

三

在温和的阳光下
几只乌鸦嘎嘎地叫
跳到田埂上，又跃到稻茬地
老张不吭声
在地头，他藏着一壶陈年老酒
乌鸦知道，闻着香味就来了
一群蚂蚁抬着一只昆虫的尸体
正张罗着设宴
蚂蚁们的列队，像出殡
也像嫁娶
王寡妇的炕头
也飞过一只喜欢酒香的乌鸦

为了美

月光在酒杯中自我欣赏

酒桌上总有哲学

冒出来，与文学较量

"眼睛撬开审视善良的门窗"

"婚礼上我们逆向"

过于安静时抿一口酒

这酒的一半成为分隔符

我不好说，平视或者四目相对已经限量

要么低头，要么成为瞎子

为了美

酒杯

杯子里藏着悲伤

布谷鸟饮一口

唱起河南小调

百灵鸟喜欢在檐口筑巢

老刘静坐

你们都在修行

我想渡劫

而杯中无酒

不要急着喝酒

不要急着喝酒

等星星来了再端起酒杯

小时候所有的妈妈都是这么说

做人要有礼貌

你把手伸向高处

牵星星的手

莫怕，莫怕

你们可以席地而坐

你读他脸上的字
他看你背后的心

有声的

只有蝉鸣声
和酒后水中的倒影
是有声的
星辰格外热闹，他不是属于我的
稻田出奇的寂静
灰灰草摇摆的声音超过田野的平均分贝
有人说喝酒适合写诗
如果我不写诗，我怕我逃不出夜的狂欢

其实我听得见星辰说话
和水的喘气声一般大

酒城泸州

街灯亮起来
黄蜂开始排队归巢
小李拿着二两酒混到队伍里
黄蜂与他同饮
月亮追出来了
长江与他同饮

黑夜不饮酒
他要看着泸州在他怀里安睡

村头老光棍

等日上梢头
举起锄头
把那些狗尾巴草、车前草通通铲掉
留一株野菊
火红色的野菊
只开一朵花的野菊

王寡妇喜欢的野菊

用清晨山涧最清澈的泉水

煮酒

冬天里围着火炉

你一杯，她一杯

饮者

给黑暗竖起一个大拇指

给黑暗中的生灵立一块墓碑

所有的东西像集市上的背篓一样挨在一起

它们喜欢挨在一起，又怕挨在一起无法喘息

孤独体活跃起来了

学风声朗诵，学大雨滴答滴答

学昆虫爬行

也学青蛙挨打

坟墓里是一个热闹的集市

在里面的人都听不清自己的声音

只有喝醉了的老王

听到了内心哭泣的回音和城外的雷声

挖酒

锄头下去
挖出那坛和老王打赌赢了偷偷埋在桃树下的酒
高兴了连十几年前种的桃树也一起挖起来
约上老张
或者带上老王
再让他们带上婆娘
一桌子，总有些喝酒的，陪酒的
和听故事的

一碟花生米，一盘肥猪耳
王大娘做好的下酒菜
桌子中间的那只猪蹄髈
成了看热闹的

悲凉只是排头兵

我只喜欢这个村子

和落日

悲凉晚点或早点来

都是清欢的子集

它和暗夜蜷缩的孤独同名

它们同名的人坐在一桌喝酒

大声说

我们都是褒义词

我们是清欢身上一颗醒目的黑痣

在清欢的集合里

一场情绪战争爆发了

悲凉只是排头兵

谁鼓掌，谁就是青少年

给我更多冷清的夜晚

奢侈的梦境

我别无选择，风的方向是否紧跟我的步伐

除了我的影子

我无法统一谁

心跳抑制不住寂静醉酒后的欢喜

拿起镜子，又放下镜子

如果我跟着陌生的步伐能够踏入荆棘丛，就别跟丢了

别忘了，在梦里我也是陌生人

我还是希望，统一欢呼声

谁鼓掌，谁就是青少年

自闭症

我已经成了墙体的粒子
在同一个方位
目光呆滞，爱不同的人
我和墙面静止的物体
木质框、乳胶漆
目光偏移的时候我们体检
我们的病症需要施治
不需要刀刃
我们躺在人群的笑声里
足够丰盈

我的忐忑

我的忐忑，从属于我身旁寂静的事物
它们一一走散
我喜欢的少年，我宠爱的大花狗以及
外婆门前的枇杷树
如果离云层太近
我会选择倒立
如果离你太近
在黑夜里，我会路过坟头的鬼火
和它们说起
我不胜酒力
原谅我过于认真
原谅我什么都不喜欢

在人间，我会装作一个醉鬼
向你讨要一杯水

我们叫出我们的阴影

我们身上背着伤

这痛，不是梦魇追赶梦魇

不是大山环绕大山

不是河流啜饮河流

风还没到，云就压弯树枝

我们必须手扶石柱

这个石柱也可能是木头

我们汇聚力量，只是我们痛的一部分

我们隐藏在痛里狂欢

吼叫不成形，我们叫出我们的阴影

我的卑微

天平秤开始偏向我的卑微

热量簇拥而来

我竟不知风力发电已瞄准一个姿势

等着发号施令

明天僵硬开始松弛

我将重新去爱一座城池

白发来不及梳理

坏习惯耗尽一生力气喊一个女人的名字

她始终在夜场大摆宴席

给我一个装着安检机的针尖的孔

从你刺向我心脏的位置给我的城池注水

大门敞开着

你和你的爱人

我只允许你们从针孔里到我的城池游泳

在我的城池里，一切活动和会议

由我的卑微主持

刻
板

我们就这样刻板地面对面
说我们相爱
我手里拿着橘子皮
你手里握着水果刀
作为小渠的两岸
我们本身不相交

你的刻板是一块石头
我的刻板是一些泥土

靠近你如猛兽附体

一簇篝火燃起，烫伤了我

删除心中的江河

必有猛兽接近烈火

何尝不可，和猛兽称兄道弟

围坐烈火吃西瓜

零下十八摄氏度，再一次哀求你脱掉你的伪善

恨和爱都将冻死

这一次，我会干净得像裸体

像雕塑，像你心中陈列的哀痛

我又何尝不可，解开绳索和铁扣

靠近你，如猛兽附体

记事本

记事本一定要吃点东西
在饥饿的状态下
我塞给了它一首诗
除了大风挤进来
窗外的雨也来凑热闹
记事本越来越饱了
躲在一首饱经风雨的诗里
不——
我们都在记事本里
刚刚点燃蜡烛
我们看见我们，孤独和陋习
一点一点被吃掉
合上记事本
不启动它的任何贪婪和欲望
静止，乖巧

我的锯子

我的锯子

第一次开刃

在我十九岁的时候锯开爱情

我和塔里木河边的月亮同坐

收藏雪，收藏甜蜜

二十三岁我又一次磨光它

它的身体开始倾向我聚焦的光环

那是一个有抬头纹的男人

把我当女儿

都不够，我的锯子开始有私心

二十七岁，它走私我的爱情

欲望驱使下

我过于偏激

体重秤始终不能归零

那就饮水，发胖

让我的三十岁看起来像个一比一的赝品

我允许身旁的男人

用我的锯子，在我的床上卸下假肢

强迫症

未知的事物，我并没有太多的幻想

过于理性

左手拿搓衣板，右手择白菜，包包子顺时针

我一直受不了自己吃剩的螺蛳壳

必须摆成列队的哨兵

我会强迫世间奇数，别走太快

算计好雨天的城府

修篱种田，养猫喂狗，与一个说话低声

没有腿毛的男人结伴一生

对神龛承诺

我只做一个平淡无奇的女子

头生白发，脸长雀斑

我的专长

在一块腐朽的木头上刻字

国字脸的楷体

死后，与无字碑配偶

集合里，一定是偶数

我们把爱摁进土里

我们在一棵胡杨树下
讨论一道数学题
那几天，天气一样好
一抬手，指尖就能触碰日照
仿佛就这样过了半辈子
不同的胡杨树下
你说你需要牵手就是一辈子的爱情
我说，这辈子只牵这只手
一次，两次，都可以
你知道，我的执拗大过我的热情
我不敢奢求太多，比如这好天气
比如，回到那个只能牵手的年代
做你的邻居

我又来到一棵胡杨树下
与日照，光影，黄叶，碱土同饮
我们把爱摁进土里
我们的屋子里炊烟升起

喝酒后

穿过野火，我们坐下来

尝一道菜

我们喜欢平静里的咸

天热时我们需要把嘴唇打湿

冬天呢，我们要温补

喝酒有了理由

我们细心地穿过野火

说什么呢，我们在弦上走

要么端酒，要么端菜

在戈壁滩种下石头，它会很快长大

我们谁也不比高矮

禁锢

我们包容笼子

理解嘴唇的颤动

我们打开山河

去一个被铅笔用力戳中的点

在那里种岛屿

森林里常常有野兽出没

我们与它们对话，酿酒

争一棵歪脖子树

不够

仅仅梦见你是不够的
我必须挑一个良辰吉日
开车去见你
骆驼刺，一定得扎爆轮胎
你说，你的耳根已经清净很久了

从回收站，把你放出来
是不够的
我得去医院，大胆走进神经内科
逼着主治大夫
重新填一张诊断报告

不够，都不够

把所有美好投屏

我已经像个大人了
学会收藏郁闷的天气
用不到生活里，就把它放在一块菊花石中
像你站在台上演讲一样
像你成功时端着酒杯说的第一句感谢一样
它会成为一个独立的个体
向所有美好投屏

你的冰冷，捡回的石头，描摹的白纸
长出灵魂，慢慢退去稚嫩

从一个世界到另一个世界

从一棵槐树到窗子的距离太远了

所以我碰见光会打寒战

在夜色下解题

没有镇静剂

多巴胺也学会了在坦荡中平缓

路过三维空间里每一次尖叫

都是臆想

从一个世界到另一个世界

我认得清门

记得住你

别叫停她的个性

喂，见到一个女孩子一定得沉默
尤其是漂亮的女孩子
尤其是事业成功的女孩子
尤其是三十岁未婚的女孩子
别喊她的名字
别叫停她的个性

秋叶落在肩上，轻轻拂掉就好

把水喝成酒

在小小的空间里

趋向恒温

不假正经，装作一个温和的人

悲伤，暴躁或抑郁

平铺在戾气之外

微风，语气，爬行的蚂蚁

它们与我的体温相似

我的盛情，只够与一杯温水并驾齐驱

就这样活着

天山脚底下候着的暴风雪

那么温和地抚摸我

我以同样温和的手抚摸生活

在坑洼的泥潭里静静行走

把水喝成酒

只要冲动一次

焦虑和白发生长速度比着来
一次快于一次
一次比一次壮实
它们在年龄的身后指指点点
长得半残的人生
死亡比婚姻更需要节点
坟冢逼近
如果要在木头上刻字
请换成她的乳名

只要冲动一次
她就会闭着眼一一拔掉它们
从此，光着头油盐不进
从此，木头上无字

以粗犷的方式选择爱

我试着等天亮

等来了雷声和雨

我对自己说，以后写诗绝不能出现我

我得把我隐藏起来

除了淋雨，我什么都不干

隐藏在黑洞里

我先找雷声

请求一次漫灌

如果雷声没有话语权

我再去找一口枯井

没有人看见我从黑洞挪开

去枯井

我必须发芽

淋雨或者漫灌

解

太阳那么大
我的刺
它刚刚发芽
它总是要经历暴晒和阴晾
无论谁在前
它在我这儿，是个小孩
它喜欢我的影子
和我下巴上一颗醒目的黑痣
它说，唯一是无可替代
它身上，只有一种解
暴晒后我亲手拔掉它
也是它喜欢的唯一
的解

怀抱

在蜿蜒的蛇背上
总想做点什么
喝酒，看球赛
对着六月的最后一场雨鼓掌
酒很淡，如水
掌声很长
赛过命

有时候，想捋直蛇背
走向更短的路
有时候，想不修边幅
从你身旁路过

长长短短的绳索
佯装成一条婀娜多姿的河
上面有蛇游过
勒紧我，勒紧我

离别

我喜欢走在路的前头

而我的身后并没有庇护

碰见一棵槐树

我会打开镜子

扑粉，描眉，涂口红

和它媲美

在它身旁坐下

槐树上，突兀的枝干

指向我一脸的苍茫

我的脸上，不肯融入眼睑的眼霜

站立了二十四小时零八分

面对太阳，情感匮乏的时候

我们内耗

第四辑

遇见荒野戈壁

遇见骆驼

我不肯承认我的虚荣

那就借用石林的虚荣

登到山顶

看见骆驼低头饮水

逃出自己的影子

它的眼睛是这荒野里高清的监控

把奥陶纪骄傲的影像

揣在怀里

它等待嵌入地平线的黄昏

和自己交换秘密

水晶石

我捡到一块水晶石

成色很好

除了会踮脚弹跳

也会飞翔

我以为我的忧伤

是你聚焦人间所有乐趣的平行线

所以我坐在你的邻桌号啕大哭

那节课，你并不在

我学着水晶石一样弹跳和飞翔

云层抹掉我所有的棱角

我看着你的影子投入大海

一块捡来的水晶石从不吭声

我的影子也投入大海

在戈壁

沙尘席卷而来

揉眼睛的不只我

不只荒野跳探戈的碎石

还有你

我会假装看不见你身上的弊病

在土坡、废墟

甚至更多碎石遍布的荒野

划开伤口

让碎石住进黄土里

让自己变成风

一次一次

卷走你的痛

在大湾沟，第二次深陷来临

荒芜的戈壁

乱石嶙峋

它们挺拔，矗立

围成一座城的哨兵

每一株骆驼刺在它铁一样的刃中

丧失了话语权

第二次深陷来临

哨兵们直冲天际的叫声

惊动白骆驼

在大湾沟

我们的抉择，一定要等到太阳偏西

大湾沟，无休止地蠕动

大湾沟，无休止地蠕动
它的柔软缓缓吞下草木、飞禽、水
以及流动的空气
我也是它绵长背上的一个东西
顺着水流而下
穿过湿淋淋的戈壁
在碎石林里，我和游走的蚂蚁一样
是荒野里大自然遗忘的胎记

我必须逆流而行
和它的温婉面对面
它一定记得，我在它的尽头
大喊一个名字

柯坪骆驼节

她细腻的皮肤贴近我

这一次，我不仅仅是静坐

心无旁骛

我的影子迫切亲近她身旁的骆驼

一峰，两峰，上千峰——

这场盛大的会议里

骆驼刺、梭梭草手牵着手

它们都不再惧怕孤独

在深红的洞口

一粒粒细沙堵住我们的伤口

阿克布拉克草原

有栅栏，围住牛羊马
围住牧民之外的人
我们走近草原，又从未走过草原
浅草，蓝天，白云，天际的雨线
哗的一下，越过我们
阿克布拉克草原
我读了很久，去过两次神经内科
才记起阿克
是我遗落在草原的一部分

羊肝菌走在雨水前面，内心的洪荒
——被释放

小白杨

即便我很矮

我得是一个哨兵

身穿绿衣裳

见行人，车流

有尘土落在身上，我不害臊

我的头顶，快活的乌云

它们聚在一起，开会商讨

给我们一些雨露

我左边的夹竹桃，右边的小海棠

等待一场雨，会见情郎

我得像它们喜欢的戟

挺直腰杆站立

寻

他指着心脏说痛

塔里木河流着她的眼泪

这是分别前他们最后一次散步

塔河边没有灯

他走后，她身体里每一道 X 光

足以让她在夜晚的塔里木河边赤脚

软绵绵的泥土

她一踩就踩进他的梦里

卸下波光粼粼，卸下她曾有的骄傲

她平躺在河面上

一会儿变成他的影子

一会儿变成飞鸟

塔里木河静坐

我们是大海，我们应该胸怀天下
容忍她的缺点，容忍她的劣根性
我们在夜晚快活
说一个弹琴姑娘的忘我
石头，就在我身旁
就这样，我们冷静地思考
我们说，波浪啊，带走我们的爱
去那远处的灯光下，和月亮辩论
如果灯光赢了，将会替代某人的影子
完成一个人对另一个人的守护
卷着我走吧，石头身负重任
它和它的波澜平行问好
从此，我不再等一个人
从此，我不再说我是我自己

路过无人区

臭水沟，腐烂哈密瓜，茴香，粉碎青草的四种味道
先后入体
它不是它们，我不是我们
我与茫茫戈壁开始划分界线
黏度越来越大
我像一朵野菊花
再也不能与大地、清风、日照分离
身旁的格桑花、向日葵、雏菊生命里多余的部分
开始螺旋坠地
美好从地平线遮罩而起
我像我集合里的每一个子集
平静、跳跃
与大地合体

在山头

在山头，几棵树绿油油

一把锄头，一把镰刀

它们认为，你的身后有一阵痛

这痛除了癫狂

也血流不止

这痛未必是锄头的，未必是镰刀的

可能是我的

因为影子说，你的身后并没有我

你的身旁只有两棵绿油油的树

微风过处

我以癫狂高歌

我选择镰刀，堵住血流

峡谷记

听到嘚嘚的马蹄声

紧张感就去追彩霞了

它曾和山里棱角分明的石头

和静止的物体赛跑

它以为它跑不过的只是自己的影子

后来，梦见大雪落满山头

又一次心血来潮

在夕阳下铺床

咳嗽

和骨子里的倔脾气睡一张床

它的对手，是那深邃的峡谷

除了清晨激动，它必将看穿一线天

我已做好准备，和一块势单力薄的石头暧昧

走进丝路沙海湾

妄想症又发作了

就在今夜

捡起地上的石头，供奉起来

把说给塔里木河的话重复给你

每天一遍

我爱过你和你脚下的土地

我看到你藏在别人的诗行里

寻找同样的孤独体

同样的孤独体，抱在一起

沙漠中的风把我惊醒

从河里的梦

做到了山上的梦

他们读诗

我在你仁慈的大地上读你

卸掉门闩，或轻轻推开窗

留一条缝隙

微笑就进入沙海湾的月色里

塔河情

我想把七星瓢虫装进喝过水的瓶子里
红的，橙黄的
天一亮，带它们去塔里木河游泳
它们会迷恋塔里木河的身体
塔里木河也会羡慕它们的自由

在水里
一定要悄悄写一封情书
有的被水草看了
水草会流着泪
——念出七星瓢虫的名字

有的
一定要沉入很深很深的河底

这世界我只能心动一次

我生长的土地里

塔里木河是我的泳池

塔里木河畔棱角分明的石头是我后花园中最奢华的装饰

它们在我的后花园里交谈

何时一起翻越塔克拉玛干

这天然的栅栏

我给我前院满地的胡杨浇水

它们告诉我：天空里有另一个世界

云朵和大气层亲密无间

当我把自己放在睡胡杨的成像里

目光，太阳，还有爱

渐渐隐退在一朵微小的雏菊里

我开始在雏菊的一堆分泌物里寻找爱

去灵魂最妥帖的流放所

吃完这一顿饭后

我一定要把碗打碎

碎片将会成为灵魂最妥帖的流放所

手指不破，鲜血也能种出耀眼夺目的玫瑰

把心里积压的负能量，垒成草垛的孤独，和密集成群

填补石油缝隙的黑暗

统统放出来，再给它们指一条明路

都去流放所

路过塔里木河流域时允许你们用一顿丰盛的午餐

晚餐后停留在沙漠

轻轻敲门叫醒星辰，一起点燃篝火

第二天接着赶路，去灵魂最妥帖的流放所

爱过敏

打过麻药后
请把我的身段放低
与塔里木河平行
我曾一度站在高处投石子
水花溅起
我还冲着河水大声嚷嚷，说我爱他
说完后我的脸红肿，身长疱疹
我忘了，塔里木河也是一剂造影剂
为了让我看清爱情在水中的成像
碰到反光物，我就全身红肿
逢人便说
我造影剂过敏

生机

我离春很近
我的色彩会逐渐延长
从五彩到绿，到枯黄
到剥离暗夜的黑，再到绿
我不能急着从大地的延长部分
涂抹颜料

重启

再来点雨水

绿萝就能筹划一场表白

对身旁的丁香花

说爱，或者不爱

过久了，它会叶子耷拉

暗黄的身体扑在飘落的丁香上

那一瞬间，雨滴声嘶哑

风声齐声朗诵，穿越无人区

身上不沾土

不和日照汇报

重启一种模式，我们的羽翼鲜亮

相交

在这个秋天，我会寂静成一片落叶

假装成你喜欢的样子

一方面，收集阳光、雨露和秋风

去滋润你

另一方面，我的爱

必须像爱的样子

方能削铅笔，临摹山川、河流

除了我自己

我也会把你放在山洞里

我们封死洞口

成为平行线

我们偷偷地相交

路过阿塔

半边乌云和影子重叠、媲美
半边夕阳路过行人的招呼声
车辆惯性不止一次一意孤行
不只两车亲密
也向人展示它的暖意
譬如,在一片戈壁
找见逆向行驶的车轱辘印

路边被踩踏过的草
起誓要做蜻蜓飞向路上的斑马线
或者像云层汇成一条鱼
从狭窄游向宽敞
此路不设障,不限行

把雨喊大

我说我喜欢雨

他在一间空旷的屋子里不停开嗓

雨越来越大，他声音嘶哑

我走进这间空旷的屋子

把任何形式的相遇当作第一次来填满

我说河水好凉，我缩回了脚

我说风好大，靠在了他的肩上

我们第一次见面，是在塔里木河边

那天，雨有点小

他对着天空大喊

他要把雨喊大

谈恋爱

谈恋爱的时候爬到城市高楼的楼顶

你爬上去，另一半也爬上去

对着太阳起誓

膝盖同时着地

双手同时举起来

让暮色越来越靠近明天

让明天越来越靠近冬天

让冬天越来越靠近缥缈和虚无

和
解

这一杯酒敬前所未有的任性和悲伤

喝完这杯酒

我将允许身体的重量辞行

跋山涉水也好，不回头

远离复杂的酒场

它越走越远，我越来越瘦

如果我愿意叩响另一座城关着的悲哀的门

并与它和解

我们彼此信任

我们的城墙上都不再派哨兵站立

以后，我也敞开我的大门

在门前种葡萄

迎来大雁